SATYRES NOUVELLES.

Satyre I. sur les Souhaits des Hommes.

Satyre II. sur les Caprices de la Fortune.

Par le Sieur de P . . . .

A PARIS,

Chez la Veuve Claude Mazuel, sur le Pont Saint Michel,
du côté du Marché-Neuf, à la Levrette.

M. DCC.

AVEC PERMISSION.

PREFACE.

E suis naturellement ennemi des Prefaces, & je me serois bien passé de faire celle-cy, si l'on ne m'y eût obligé malgré moy. Il a paru certaine Satyre en Réponse à celles que j'ay données contre les Femmes sçavantes & les méchants Autheurs, & sur la veritable & fausse noblesse ; à peine l'ay-je vûë que je l'ay jugée digne de mon silence ; Je croy même que ceux qui se seront donné la peine de la lire, m'auront rendu assez de Justice, pour me croire dispensé de répondre à des invectives outrées, qui s'attachent uniquement à l'Autheur & ne disent mot de l'ouvrage. En effet, on n'y voit régner que de basses injures : Je les pardonne à leur Autheur, c'est une production digne de son génie, & les pauvretés qu'il dit me vangent mieux de luy que tout ce que je pourrois répondre de plus fort. Cependant comme il avance des choses qui pourroient me faire du tort, auprés de certains esprits trop faciles à se laisser prevenir, j'ay crû en devoir une justification au public. Il m'accuse d'attaquer impunément tous les Sçavans ; de bonne foy je ne sçay ce qui a pu luy faire prendre le change, mais je n'ay jamais cru qu'on dût entendre les Sçavans sous le nom de méchans Autheurs. Il dit à peu prés la même chose sur le chapitre des Femmes sçavantes ; Il n'y a que le titre qui puisse faire contre moy : Mais toute la Satyre fait assez voir, que je n'en veux qu'à certain genre de Sçavantes, qui se donnent du ridicule dans le Monde, par un furieux entêtement qu'elles ont de leur prétendu mérite, & qui à tout propos font montre d'une superficie d'érudition; Au lieu que les véritables Sçavantes cachent avec tout le soin possible les solides avantages que la nature leur a donnés, ou que l'Etude leur a acquis, pour les élever au dessus de leur sexe. Mon Ouvrage seul suffit pour prouver ce que je dis en ma deffense, & je ne croy pas qu'on puisse reconnoître les Saphos de nôtre siécle dans le Portrait de ma Caliston. Il ne m'est pas moins facile de justifier ma Satyre sur la veritable & fausse Noblesse, tous mes Portraits y sont d'aprés Juvenal; Il n'y a que l'application qu'on en fait qui puisse me nuire, & c'est un inconvenient dont un Autheur ne peut répondre. La Bruyere à beau protester contre ces sortes d'applications, il n'en est pas cru sur sa parole, & ses justifications ne font que grossir le nombre de ses Accusateurs. Je ne m'attens pas à un sort plus favorable; on fera de mes Portraits tel Jugement qu'on voudra, & ce qu'il y a de seur, c'est que personne ne s'y viendra chercher soy-mesme, & qu'on ne manquera pas d'en faire tomber les plus noires couleurs sur autruy, & peut-être sur ceux à qui elles conviendront le moins. C'est m'ôter tout le fruit de mon travail; Mais ce n'est pas d'aujourd'huy qu'on travaille inutilement.

SATYRE

SATYRE PREMIERE,
Sur les Souhaits des Hommes,
imitée de Juvenal.

E voicy de retour d'un penible voyage
DAMON, mais par malheur tu n'en és pas
    plus sage;
Ton cœur qui va toûjours de desirs en desirs,
Par un seul qu'il n'a pas, détruit tous ses
    plaisirs.
Je n'en suis point surpris; tel est le sort de l'homme:
Au trop heureux Adam il manquoit une pomme,
Et ce fatal desir qui troubloit son repos,
Luy fit de ce faux bien une source de maux:
C'est ainsi qu'en poison le plus pur bien se change:
Ta fureur t'a porté du Tibre jusqu'au Gange,
Pour chercher le repos qui fuit devant tes pas;
On ne le peut trouver qu'en ne le cherchant pas:
Nos cœurs de leurs malheurs font leur plus chere étude:
Le desir du repos produit l'inquietude,

A

Il n'eft qu'un feul bon-heur : donne-moy , fi tu peux ,
Un homme fans defirs , je te le donne heureux.
La raifon ? (diras-tu) la raifon en eft claire ;
L'homme vole toûjours de chimere en chimere ,
Par un dehors trompeur il fe laiffe attirer ,
Ne defire jamais ce qu'il faut defirer :
Il eft né pour le bien , mais la fauffe apparence
Luy fait toûjours au mal donner la préference.
Auroit-on découvert quelques climats nouveaux ,
Où d'avec les vrais biens on difcerne les faux ?
Dûffay-je mefurer d'une rapide courfe
Tout l'efpace qu'on voit du Midy jufqu'à l'Ourfe ,
Je pars ; mais , entre nous , je ne me flatte pas
Que cet heureux chemin s'ouvre devant mes pas.
De tout ce qui luy plaift l'homme eft toûjours avide ;
Demander , dans fes vœux que la raifon le guide ,
Et calme de fon cœur les orages divers ,
C'eft vouloir de la M * * exiger de bons vers :
Non , tu verras plûtoft la Cour fans flatterie ,
Et la Ville fans luxe & fans cocqueterie.
Le Nocher fur qui feul repofe fon vaiffeau ,
N'ayant devant fes yeux que des abymes d'eau ,
Parmy tant de perils qui menacent fa tefte ,
Confulte le Soleil , tient en main l'arbalête ,
Mefure fes degrez , ou pour furgir au Port
Cherche à travers la nuit fon étoile du Nort.
L'homme dans fes fouhaits s'abandonne à l'orage ,
De foy-même ennemy , lorfqu'il veut en partage
Des honneurs à grands flots , ou des biens à foifon ,
Son cœur confulte tout , fi ce n'eft fa raifon.
Vers le bien , vers le mal , la carriere eft ouverte ,
Il laiffe fon falut pour courir à fa perte ;

Si le Ciel le refufe , il fe croit malheureux,
Mais il l'eft en effet, s'il exauce fes vœux.
Je pourrois fur ce point te citer mille exemples :
Que prétend tout l'encens qui fume dans nos Temples ?
Combien de fois, du Ciel le pouvoir abfolu
A détruit des maifons, parce qu'on l'a voulu ?
A nos vœux importuns donne-t'il des richeffes ?
C'eft pour nous accabler à force de largeffes.
Ouvre-t'il un champ vafte au defir des honneurs ?
Il nous fera tomber du faifte des grandeurs.
Des Threfors de Crefus les flateufes amorces,
Contre luy, de l'Afie arment toutes les forces.
Pharfale de Cefar fait un grand Potentat ;
Le poignard à la main on l'attend au Senat.
Trop heureux, fous Neron, ceux qui voyant l'orage,
Le bravoient à l'abry d'un chetif heritage.
Si Seneque par luy vit finir fes deftins ,
Il en doit accufer fes fuperbes jardins :
Un chaume inacceffible à fes cruels miniftres,
Luy pouvoit épargner leurs vifages finiftres ;
Mais d'un fang précieux brûlant de fe foüiller,
Neron ne l'enrichit que pour le dépoüiller.
Nous vivons (diras-tu) fous un Roy magnanime,
Nos threfors à fes yeux ne nous font pas un crime ;
LOUIS eft équitable autant que genereux ,
Et fon plus cher defir eft de nous rendre heureux.
Je fçay que fa vertu dont la Terre eft remplie ,
De l'éclat le plus pur fut toûjours embelie ;
Et qu'Aftrée icy-bas defcendant avec luy ,
En fit de la Juftice & le Pere & l'appuy :
Mais lorfqu'à tout l'Etat fa grande ame s'applique,
Peut-elle avoir les yeux fur chaque domeftique ?

n vain contre e meurtre il ait tonner ſes loix ;
On tremble dans Paris comme au milieu d'un Bois:
Les plus tendres amis, les parens les plus proches
Au riche Teſtateur font craindre leurs approches;
Malgré le beau dehors d'un ſimulé reſpect,
Au Pere décrepit, le fils même eſt ſuſpect.
Qu'un revenu modique eſt un heureux azile !
Si l'on en brille moins, on en vit plus tranquile;
Au lieu que peu verſez dans les ſecrets du ſort,
En demandant des biens, nous demandons la mort.
Le deſir des honneurs n'eſt pas plus favorable:
Plus on s'éleve, & plus la chute eſt déplorable;
Et le ſuperbe eſſor du triſte ambitieux
L'approche de la foudre en l'approchant des Cieux.
Des projets des humains la fortune ſe jouë,
La main qui les y prit, les remet dans la bouë:
Sa derniere faveur leur garde un coup mortel,
Et les accable enfin du débris d'un Autel.
La gloire n'eſt qu'une ombre, on la voit diſparoître ;
Bien-toſt ce Grand Viſir redoutable à ſon Maître,
Va par ſon ſang verſé raſſurer le Divan.
Que de Comtes d'Eſſex font revivre Sejan !
Fameux par ſes honneurs, plus fameux par ſa chûte,
A quel revers du ſort ſe trouva-t'il en bute ?
D'un Maître vieilliſſant orgueilleux favory,
On le craint plus encor qu'on ne l'avoit chery.
Pourquoy ? Ce fier ſujet aſpire au rang ſupréme,
Rome en eſt allarmée, & Tibere luy-même.
Attens ; il va tomber, le foudre eſt ſuſpendu,
Et c'eſt au dernier pas qu'il l'avoit attendu.
Il tombe : ainſi que luy tous ſes honneurs périſſent,
Et comme une vapeur ſoudain s'évanoüiſſent,

Les Autels qu'à son nom le peuple avoit dreffez,
D'une égale fureur font par luy renverfez :
Cette face, l'objet des plus facrez hommages,
Eft le joüiet honteux des plus lâches outrages :
A peine s'enquiert-t'on d'où vient ce changement,
Et l'on ne veut fçavoir ny pourquoy ny comment.
Une lettre affez longue au Senat eft venuë,
Il fuffit. Tout va bien, abbattons la Statuë ;
Et puifque la fortune a renverfé fon char,
Courons fouler aux pieds l'ennemy de Cefar,
   O toi qui que tu fois, d'honneur infatiable ;
Lis du triftre Sejan l'Hiftoire rédoutable.
Rejette loin de toi la fiere ambition.
La chûte de trop prés fuit l'élevation ;
Ne force pas le Ciel à te rendre juftice,
Crains dans un Rang trop haut que le pié ne te gliffe.
Tiens un jufte milieu dans les vœux que tu fais,
Et mets tout ton bonheur a regler tes fouhaits.

   Je les regle affez bien (me répondra *Taxandre*)
Dü piége des grandeurs mon cœur fçait fe défendre,
Et jaloux du feul nom du fameux D'AGUESSEAU,
Je mets toute ma gloire a briller au Barreau.
C'eft donc la ton deffein, ton ardente priere,
En demande l'éfet pour grace finguliere,
Je ne puis t'en blâmer. Cependant entre nous
La gloire qui t'attend ; te fera des jaloux.

   Envifage en tremblant Ciceron, Demofthene,
Qu'ont-il gagné tous deux qu'une implacable haine ?
Qui malgré leurs grands Noms ne les épargnant pas,
Enfin dans les Enfers précipita leurs pas.
   Tu brilles Ciceron, Rome te confidere,
Non comme un cher enfant, mais comme un tendre Pere.

Par toi de ſes Tyrans les projets découverts ;
Elle adore la main qui la ſauve des fers.
O Rome ! moi Conſul , heureuſe d'eſtre née ,
(Dis-tu) mais plus heureuſe encor ta deſtinée ;
Si ta plume avoit ſçû ne rien faire de mieux ,
Que de parler ſi mal le langage des Dieux.
Ta Muſe injurieuſe aux cendres de Pompée
Du furieux Anthoine eût pû braver l'épée.
Qu'en dépit du bon ſens un Poëme conſtruit ,
Attire a ſon Auteur du mépris pour tout fruit.
Et vienne en ſifflemens changer la voix publique ;
Je l'ayme mieux que toi divine Philipique.
　　Paſſons à Demoſthene , Athenes l'admira ,
Tu ſçais pourtant, DAMON, qu'elle ſort il s'attira :
Que pour trop ſignaler l'amour de la Patrie
D'un Vainqueur inhumain il arma la furie.
Que d'un zele ſi ſaint ſa mort lui fit raiſon ,
Prés d'éprouver le fer, qu'il fit choix du poiſon.
Heureux ! & trop heureux ! ſi contant de ſa forge ;
Au fer qu'il fourbiſſoit il eût ſouſtrait ſa gorge ,
Mais l'Auteur de ſes jours ne ſoûhaite rien tant
Que de rendre ſon Nom par ſa mort éclatant ;
Et malgré tous les Dieux l'arrachant de l'enclume ,
Le deſtine à perir ſous les traits de ſa plume.
　　Mais quoi ? (me diras-tu) nos fameux Avocats
Ont-ils à redouter de pareils attentats ?
Voyons nos dans Paris & *Dumon* & *Nivelle*
Achetter de leur ſang une gloire immortelle ?
Ils vivent en repos , graces à nos Procés ,
Si la perte eſt pour nous , ils en ont le ſuccés.
J'en convien : cependant ils rîſquent quelque choſe ,
Et lorſque *Boisſergent* craint de perdre ſa Cauſe

De retour du palais, le tromphant Dumon,
Sous ses yeux étonnés trouve un Billet sans nom
Qui tanceant de ses traits la pointe un peu trop vive
En termes ménaceants lui défend l'invective.
Croi-moi, ce contre-tems lui donne quelque ennuy,
Et l'ignorant *Chrisippe*, est plus heureux que luy.
Pour lui le Droit civil est une nuit profonde,
On le sçait cependant il fait bruit dans le monde,
Il a ses Partisans, muni d'un bon poulmon,
Il prétend effacer & *Nivelle* & *Dumon*
Et sous certain Procureur nourri dans la chicane,
Il plante un grand Bonnet sur la tête d'un âne,
Il parle de l'Hebreu, quand il cite les Loix.
Ah ! que pour le guerir de cette maladie,
Veut-on le faire taire il renforce sa voix.
Ne fait-on chez Themis, comme à la Comedie.
Le public indigné, d'un seul coup de sifflet,
D'un semble Orateur purgeroit le Parquet,
Chrysippe cependant tel que je viens de dire,
Rit souvent aux dépens de ceux qu'il a fait rire,
Il regorge de biens, il n'est que trop de sots
Qui vont en bons écus payer ses méchans mots,
Demande aprés cela pour grace singuliere
Une place au Bareau fût-elle la premiere ;
Tu verras à ta honte un bizare party,
Te preferer un fat en Docteur travesty
Qui de l'art oratoire ignore les principes;
Croy moy ; tout le Parquet est pavé de Chrysippes.
   Je renonce à ce Prix au titre d'Orateur
(Dit *Cleonte*) & je voy qu'il vaut mieux être Auteur
La gloire à tout le moins me paroit plus durable,
On obtient dans l'Histoire un rang considerable.

Quel plaisir de tranſmettre à la poſterité
La ſplendeur de ſon Nom par les ans reſpecté?
   L'ambition eſt noble, & digne de *Cleonte* :
Mais ſi loin de ſa gloire il recherche ſa honte,
Si raiſon, & bon ſens choqués dans ſes écrits,
Contre ſon attentat revoltent tout Paris,
Et s'il trouve en un mot par ſa plume imprudente,
Aux dépens de ſon nom une chûte éclattante ;
Plûtôt qu'avoir écrit ne vaudroit-il pas mieux
Sur ſa propre ignorance avoir ouvert les yeux?
Il eſt inſtruit d'exemple, & ſon regret extreme
Ne pourra d'un tel ſort s'en prendre qu'à lui-même.
Il ſçait que le public tient, Juge ſouverain,
L'Auteur à la Selette & ſon Livre à la main.
C'eſt en dernier reſſort que l'Arreſt ſe prononce,
Il condamne à la fois l'ouvrage & la réponſe ;
   Antime tombe. Hé bien ; n'avoit-il pas raiſon
Prés d'un ſi grand peril de ſupprimer ſon nom ?
O qu'il nous eût fait voir un beau trait de ſageſſe,
S'il eût pris même ſoin de ſupprimer ſa Piece !
Le public que *Racine* a ſi ſouvent charmé
Contre ſes Succeſſeurs fut toûjours animé
Et de la même voix qu'il vente *Mithridate*,
Quoique ſon allié, reprouve * *Ariarathe*
Ce Roi de Capadoce ennemi des Romains
Trouve pour tout recours de plus cruelles mains,
Paris diſpute à Rome à lui faire la guerre,
Et lorſque du Senat il appelle au Parterre,
Trompé dans ſon eſpoir, ce Prince infortuné
Se voit ſur nôtre Scene en cinq jours détrôné.
   Un Cenſeur, ſoit juſtice, ou pure jalouſie,

* Nouvelle Tragedie qui eſt tombée.

Avant qu'elle ait paru chanſonne ^a *Marthefie*
Et décriant ſes Vers qu'il traitte de maudits
La met (c'eſt beaucoup dire) au deſſous ^b *d'Amadis* ;
Là M... à beau crier ne croy pas qu'il échappe,
Chaque fin de couplet le renvoye à la Trape.
Mais ſi (me diras tu) du public avoüé
Cleonte voit par tout ſon ouvrage loüé ?
Ou du moins des Sçavaus s'attirant les ſuffrages
De l'ignorant vulgaire il brave les outrages ?
C'eſt un grand coup, Damon, j'en convien : mais je ſçay
Qu'on ne l'attrape pas du premier coup d'eſſay.
Tout Autheur qui ſe fraye un chemin à la gloire,
Au prix de cent combats achette une victoire,
Il ſçait ce qu'elle vaut avant de l'obtenir.
Mais s'il l'emporte enfin, qui peut le retenir ?
Fier des juſtes tributs qu'il nous force à luy rendre
Sous l'ombre de ſon nom, il peut tout entreprendre.
Tel au ſupreme rang Corneille parvenu,
Sçut impoſer ſilence au public prevenu.
Ce fleuve eſt ſi rapide au milieu de ſa courſe
Qu'on oublie aiſément & ſa fin & ſa ſource,
En le voyant ſecher on le reſpecte encor
Et les Cenſeurs du *Cid* ſouffrent la Toiſon d'or.
Racine aprés ſa Phedre & ſon Iphigenie,
Ne craignit plus de voir ſa memoire ternie,
Il eût pu dans ce temps où tout luy fut permis
Donner impunement ſes ^c freres ennemis.
Pour avoir même droit dans le ſiécle où nous ſommes,
Autheur, ſi tu le peux, égale ces grands hommes,
Ou bien (en Phaëton tout preſt à trébucher)
Etouffe un vain déſir qui doit couter ſi cher.

^a Opera nouveau. ^b Amadis de Grece, Opera du même Autheur.
^c Premiere Tragedie de Racine, & ſa plus foible.

Je cede à ces raifons , me dira *Cléomire*,
Et c'eft pour d'autres biens que mon ame foupire,
Richeffe, Ambition , Eloquence , Sçavoir ,
Sous des traits dangereux à mes yeux fe font voir.
Je regle mieux mes vœux , puifque ma deftinée
A voulu me ranger fous les Loix d'Hymenée ,
Je croy que rien ne manque à ma felicité
Que d'avoir des enfans d'une rare beauté ;
Le ciel m'en eft témoin ; je ne veux autre chofe ,
Et c'eft l'unique bien que mon cœur fe propofe.

Appelle-t'on cela fçavoir regler fes vœux ?
Ah ! plus le piége plaît , plus il eft dangereux.
A fes flateurs appas la beauté nous attache ;
Mais fous de belles fleurs plus d'un ferpent fe cache ,
Avant qu'au beau Paris elle eût donné le jour,
Hecube avoit formé mêmes vœux à fon tour ,
Le ciel en l'exauçant perdit toute fa race,
Et luy faire un refus c'eftoit luy faire grace.
Helene l'eût puni de fa témerité
S'il l'avoit attaqué avec moins de beauté ;
Mais du piége fatal n'ayant pû fe deffendre
Le feu de fon amour mit Ilion en cendre.
Fable (me dira-t'on.) Il eft a fouhaiter ,
Qu'on ne foit pas reduit à n'en pouvoir douter :
Mais on fent quelque fois ce que l'on n'ofe croire
Tel doute de la fable, à qui convient l'hiftoire.
On ne flate que trop fon propre aveuglement ,
Et quand tout eft détruit on voit l'embrafement.

C'eft pouffer un peu loin ce finiftre prefage ;
La beauté doit au fexe au moins eftre en partage ;
On ne nous a pas dit que la belle Colon
Ait fait de fa patrie un fecond Ilion ?

On en parle, on l'admire, on la cour, on l'adore,
Et malgré sa beauté Vienne subsiste encore.
Elle a de la sagesse, autant qu'elle a d'appas.

Ce que tu dis est vray ; je n'en disconviens pas ;
Mais regarde en tremblant le destin de Lucresse,
Autant qu'elle eut d'appas elle eut de la sagesse ;
Contre un feu tyrannique inutile rempart
Qui reduisit sa main au secours du poignart ?

Tu ris. Une Heroïne autre fois si vantée
En ce siécle (dis-tu) doit-elle estre citée ?
Sa vertu dont l'effort la vangea de Tarquin,
Ne sert qu'à relever les brocarts d'Arlequin ;
Tandis qu'en vers pompeux le celebre Racine,
Annonce les forfaits de Phedre & d'Agripine.

Je cede ; C'est un crime au sexe injurieux
Que de le menacer d'un poignard glorieux,
On sçait luy preferer un fer qui deshonnore,
Du sang d'une Venus la Gréve fume encore.

Hé bien, dira *Criton*, laissons tous ces souhaits,
Qui peuvent de nos cœurs troubler l'heureuse paix ;
Je demande un seul bien, & ta misantropie
N'y sçauroit mordre enfin ; c'est une longue vie.
C'est une longue vie ! & c'est un bien pour toy ?
Ah ! Criton entre nous, es-tu de bonne foy ?
Quel âge as tu ? trente ans ? quarante ans ? est-ce un âge
Où ton experience ayt pû te rendre sage ?
Eprouvas tu jamais ces rudes coups du sort
Qui nous font comme un bien envisager la mort ?
Attens pour bien juger que l'adverse fortune
Te rende d'un jour seul la durée importune,
Et que ce jour fini la longueur de la nuit
Te refuse à son tour le repos qui te fuit.

Attens encore un coup que le plaideur Acrise
T'ajourne au Châtelet pour t'y mettre en chemise,
Et que des Procureurs l'assemblage odieux,
Ayt ouy de ton or le son harmonieux
Attens que de Sergents une pâle cohorte
Au premier chant du coq viennent assiéger ta porte,
Que Themis te foudroye, & qu'un Arrêt fatal
Te relançant chez toy, t'envoye à l'Hôpital.
Alors je te permets de juger de la vie.
Tu sçauras de quels maux sa longueur est suivie.

    Mais je veux que le ciel accorde à tes souhaits,
De vivre sans chagrins, sans revers, sans procez.
Qu'il verse tous ses dons sur ta longue jeunesse,
L'escueil de ton bonheur, croy moy, c'est la vieillesse.
    Examine un moment ce visage plombé
Dont sous le faix des ans l'éclat a succombé,
Parcours ce parchemin griffonné par les rides,
Voy ce nés roupieux & ces lévres livides,
Ces deux yeux relegués au fond d'un antre creux
Qui dans une eau jaunâtre ont éteint tous leurs feux
T'imaginerois tu que ce vivant squelette
Eût esté l'Adonis de plus d'une coquette ?
Si tu vieillis jamais le même sort t'attend,
Et si le ciel t'exauce, il t'en reserve autant.
La Jeunesse à nos yeux a plus ou moins de grace,
Mais l'âge decrepit n'a qu'une même face.
    Cependant ce n'est rien que ses déformités
Si nous les comparons à ses infirmités
La fiévre luy tient lieu de chaleur naturelle,
Ses poulmons agités d'une toux éternelle,
Quand la nuit semble offrir du relâche à ses maux
Rejettent loin de luy les douceurs du repos.

Te décriray-je encore les douleurs qu'il endure?
La goute aux cris aygus le tient à la torture,
Le nombre de ses maux est si peu limité
Qu'à te parler sans fart j'aurois plutôt compté,
Combien par un talent flexible à tous usages,
La plus fine Laïs consume d'heritages,
Combien depuis dix ans, par ses vols, à nos frais,
L'usurier *Gorgibus* a bâti de Palais.
Puisque d'un tel succés la demande est suivie
Il faut donc sans desir passer toute la vie?
Et sur la brute enfin n'ayant que la raison
L'homme doit de son cœur luy faire une prison?
  Remets toy de ton sort sur l'arbitre suprême,
L'homme est plus cher au Ciel qu'il ne l'est à soy-même;
Demande, mais sans fougue & sans emportement,
Pour ton premier bonheur un sain discernement,
Et pour lors de l'erreur écartant le nuage,
Tes vœux s'exprimeront par un autre langage:
Tu verras qu'il te faut pour devenir heureux
Une ame sans foiblesse en un corps vigoureux,
Qui trouve sans frayeur, par sa vive lumiere,
La fin de tous ses maux dans son heure derniere,
Se fasse du travail son plaisir le plus doux,
Qui sçache mettre un frein aux flots de son couroux,
Qui toûjours de son sort maîtresse souveraine,
Des fiers passions ne dispose qu'en Reyne.
Partagé de ces dons, riche de ces biens faits,
Je te permets, Damon, de former des souhaits.

SATYRE SECONDE,

Sur les caprices de la Fortune.

QUel siécle est celuy-cy ? l'opprobre & la misere
Sont-ils de la vertu l'auguste caractere ?
Et les Dieux tout-puissants ne sont ils rigoureux
Que pour nous faire voir d'illustres Malheureux ?
Quel injuste revers, quel aveugle caprice
Quand la vertu gemit fait triompher le vice ?
Le ciel auroit il mis par un Arrêt cruel
Entre elle & la fortune un obstacle éternel ?
Et de son fier rival favorisant l'audace
Au Thrône qu'il usurpe est ce luy qui le place ?
  Jugeons plus sainement de ses justes decrets,
Et sans approfondir ses terribles secrets,
Sans porter nos regards dans le sein de la nuë,
Adorons sa prudence aux mortels inconnuë,
De ses supréme loix ne nous informons pas
Quand il veut se joüer des choses d'icy bas,
Et voyant que le crime insulte au vray merite,
Loin de nous affliger imitons Democrite ;
Rions. Et le moyen de contenir ses ris
Parmy tant de sujets qu'on en trouve à Paris ?
  Peut-on sans éclatter rencontrer *Arbogaste*
Qui s'est perdu de veüe au milieu de son faste,
Et par un train superbe éblouissant nos yeux

Se donne pour iſſu du ſang des demi Dieux.
Sorti d'un ſang abjet, & formé de la bouë
La Fortune l'a mis au plus haut de ſa rouë,
Pour nous faire ſentir que les triſtes mortels,
Doivent pour s'élever encenſer ſes Autels,
Et que c'eſt n'avoir rien que n'avoir en partage
Que l'éclat d'un grand nom qui n'eſt pas ſon ouvrage.

Par quel ſecret reſſort l'Ignorant *Phocion*,
N'a point trouvé d'obſtacle à ſon ambition?
Fortune on reconnoît ta puiſſance infinie
Dans l'élevation d'un ſi borné genie.
Qui l'eût dit, que Themis en de pareilles mains
Remettroit quelque jour le deſtin des humains?
Qu'on a lieu de trembler pour la meilleur cauſe,
Quand ce n'eſt que ſur luy qu'il faut qu'on s'en repoſe;
Eût-on en ſa faveur tout le pouvoir des Loix
Pour peu que la chicanne en balance le poids,
Le procez eſt perdu; l'on s'y doit trop attendre,
Si ce nœud gordien n'a point d'autre Alexandre,
Au rapport qu'il en fait les Loix n'ont point de part,
Il veut rendre au hazard ce qu'il tient du hazard,
Dans tous les pas qu'il fait, il le prend ſeul pour guide,
C'eſt par luy ſeul qu'il voit, par luy ſeul qu'il decide.
Tels *Pamphile & Creon* ces fameux aſſaſſins
Qu'on honnore à Paris du nom de Medecins
D'un ſpecieux jargon couvrans leur ignorance,
Demandent du papier dreſſent leur ordonnance,
Du Languiſſant Damon, precipitent la mort
Et d'un coup de cornet decident de ſon ſort.

Du fier *Archelaus* l'exceſſive opulence
Fait aller ſes dedains juſques à l'inſolence
Tout eſt trop bas, tout rampe aux yeux de ce Fermier,

Il ne veut point de rang si ce n'est le premier,
Son esprit enyvré de sa nouvelle gloire
Déja de son néant a perdu la memoire ;
Il nâquit sous le chaume & dans la pauvreté,
Mais fondant tout son sort sur quelque argent prêté
Il trouve tout possible à son extreme audace,
D'un Commis qu'il supplante, il occuppe la place,
C'est pour un cœur avare un appas tentatif
Quand on le fait valoir le poste est lucratif
Et l'on n'y doit avoir pour tout fond de science
Que beaucoup d'appetit & peu de conscience,
C'est là ce qu'on appelle un Commis sans deffaut,
Graces a la nature il est tel qu'il le faut
C'est à pas de geans qu'il fournit sa carriere,
Il n'a point de rivaux qu'il ne laisse en arriere,
Aucun ne peut l'atteindre en son rapide de cours :
Il est vray qu'il a pris les chemins les plus courts,
Et que de ses projets l'audace peu comune
A le favoriser à forcé la fortune.
Trop de menagement fait manquer un grand coup,
Et l'on n'est pas heureux si l'on n'ose beaucoup.
O toy qui que tu sois, que son exemple anime,
Comme luy sans frayeur envisage le crime,
Luy seul aux grands employs applanit le chemin,
Et sous ses étendarts fait ranger le destin.
Tu feras adorer ta fortune éclattante :
Mais ne te flatte pas de la rendre constante,
Cette aveugle Deésse est sujette au retour,
L'ouvrage de dix ans perit dans un seul jour.
Par de soudains revers la volage fortune
Fait voir que nôtre encens quelque fois l'importune,
Que cette même main qui sçût nous rendre heureux

Defere

Defere à son caprice, encor plus qu'à nos vœux.
Craignons la d'autant plus que plus elle nous flate;
Elle n'éleve rien qu'enfin elle n'abbate,
Elle détruit l'Autel qu'elle même a dressé,
Et finit rarement comme elle à commencé.
Si la quinteuse veut; Malgré son origine,
Ariston chez Themis brillera sous l'hermine
Et *Corbulon* malgré la splendeur de son sang,
D'Ariston au Parquet viendra prendre le rang.

Le sort de *Dorimant* paroît digne d'envie,
Son bonheur est certain, s'il en est dans la vie;
Attendons. Jugeons mieux des caprices du sort,
Et ne l'appellons pas heureux avant sa mort,
Du destin des mortels un moment est l'arbitre,
Et ce n'est qu'au dernier à confirmer ce titre.

Muse changeons de style, & tréve au serieux;
Nous pourrions à la fin devenir ennuyeux;
D'ailleurs *Crispin* m'appelle, & ce sujet crotesque
Ne peut être décrit que d'un pinceau burlesque.

Dans les divers cantons qu'éclaire le Soleil
A peine est-il permis de trouver son pareil,
Dans son village obscur sa naissance est connuë,
On y sçait que son pere a mené la charruë:
Mais le sort qui devoit en faire un Laboureur,
Le trouva si frippon qu'il le fit Procureur.
Il a pour cet employ tous les talents du monde,
Et meublé d'une tête en malices feconde,
Il peut dans son métier s'ériger en Docteur,
Et donner quinze & bisque au plus adroit voleur.
Tel qui des * *Guilleris* consacrant la memoire,
Va mourir en Heros sur le lit de la gloire,

* Fameux voleur.

Le rencontre, l'obſerve, & détournant les yeux,
Accuſe d'injuſtice & la Terre & les Cieux.
Il s'eſtime ſi peu pour ce trépas inſigne
Qu'il voudroit humblement le ceder au plus digne.
Vain deſirs! Le deſtin aveugle dans ſon choix
Fait-il ce *Qui pro Quo* pour la premiere fois?
Au gré de ſon caprice il reprouve, il exauce,
Et donne à l'un la rouë, à l'autre le caroſſe:
Il eſt vray que Criſpin déferant à regret
A de ſages conſeils qu'on luy donne en ſecret
N'a pas encore fait voir, dans ſon orgueil extrême,
Deux chevaux eſtonnés d'en traîner un troiſiéme;
Mais il va devenir Secretaire du Roy,
Le Caroſſe eſt tout prêt pour ce nouvel employ,
Il ne peut plus ſouffrir qu'une chaiſe roulante,
Le mene à l'Hôpital d'une courſe ſi lente,
Et meurt de déplaiſir d'en voir de tous côtés
Tant d'autres y courir à pas précipités.
Il eſt à ſouhaiter que la même fortune,
Dont il oſe trouver la lenteur importune,
Le jugeant à la fin digne de ſon mépris,
Le remettre au fumier où ſa main l'avoit pris;
On ne l'entendroit plus d'un ſuperbe langage
Nous faire de ſes biens l'éternel étalage;
Il ne nous diroit plus, s'il eſtoit indigent,
Ma *Table*, mon *Buffet*, ma *Vaiſſelle d'argent*,
Mon *Vin de Canarie*, & mon *Vin de Champagne*,
Il ne bâtiroit plus des Châteaux en Eſpagne.
Si le ciel de ſes ans eûſt abregé le cours,
On ne l'auroit point vûs par d'inſolent diſcours
Attirer ſur ſon dos l'effroyable tempète,
Du bois injurieux qu'il craignoit pour ſa tête.

Fortune tes faveurs, souvent coûtent bien cher,
On sçait peu ce qu'on cherche en les allant chercher;
Pour peu que la raison alors fût consultée,
Comme un écueil fatal tu serois évitée.
Heureux qui chérissant la médiocrité
Ne te reconnoît point pour sa divinité!
Les Vents aux arbrisseaux rarement font la guerre,
Mais le chesne est frapé des Vents & du Tonnerre.
Nous ne voyons jamais l'Aquilon, ny le Nort
Démâter un Vaisseau qui se tient prés du Port,
Mais lorsqu'en pleine Mer il va braver l'orage,
L'éloignement du Port l'approche du nauffrage;
Et des Vents furieux le couroux éclatant,
Le porte jusqu'aux Cieux & l'abîme à l'instant.
  Heureux encore un coup, qui maître de luy mesme,
D'un médiocre rang se fait un rang suprème,
La Fortune ose en vain ébranler sa vertu,
Il éprouve ses coups, sans en être abbatu,
Dans le sein de la paix, sous ses heureux auspices
Il brave ses fureurs, il rit de ses caprices;
Et lorsqu'il voit tomber ses plus chers favoris,
La Fortune, dit-il, n'éleve qu'à ce prix.

FIN.

Permis d'imprimer. Fait ce cinquième Decembre 1699.
Signé, M. D'ARGENSON.